親愛的鼠迷朋友，
　　歡迎來到老鼠世界！

謝利連摩・史提頓

Geronimo Stilton

《鼠民公報》
辦公室

賴皮
（謝利連摩的表弟）

班哲文
（謝利連摩的姪兒）

謝利連摩·史提頓

菲
（謝利連摩的妹妹）

老鼠記者 102

100 把神秘鑰匙

IL CASTELLO DELLE 100 STORIE

作　　　者：Geronimo Stilton　謝利連摩·史提頓
譯　　　者：鄧婷
責任編輯：胡頌茵
中文版封面設計：黃觀山
中文版美術設計：劉蔚
出　　　版：新雅文化事業有限公司
　　　　　　香港英皇道499號北角工業大廈18樓
　　　　　　電話：(852) 2138 7998
　　　　　　傳真：(852) 2597 4003
　　　　　　網址：http://www.sunya.com.hk
　　　　　　電郵：marketing@sunya.com.hk
發　　　行：香港聯合書刊物流有限公司
　　　　　　香港荃灣德士古道220-248號荃灣工業中心16樓
　　　　　　電話：(852) 2150 2100　傳真：(852) 2407 3062
　　　　　　電郵：info@suplogistics.com.hk
印　　　刷：C & C Offset Printing Co., Ltd
　　　　　　香港新界大埔汀麗路36號
版　　　次：二〇二二年四月初版

http://www.geronimostilton.com
Based on an original idea by Elisabetta Dami.
Art Director: Iacopo Bruno
Cover by Roberto Ronchi, Andrea Cavallini, Christian Aliprandi
Graphic Designer: Andrea Cavallini and Laura Dal Maso / theWorldofDOT (Adapted by Sun Ya Publications (HK) Ltd.)
Illustrations of initial and end auxiliary pages: Roberto Ronchi, Ennio Bufi MAD5, Studio Parlapà and Andrea Cavallini |
Map: Andrea Da Rold and Andrea Cavallini
Story illustrations: Alessandro Muscillo, Christian Aliprandi
Artistic Coordination: Roberta Bianchi
Artistic Assistance: Lara Martinelli and Andrea Benelle
Graphics: Michela Battaglin

老鼠記者 Geronimo Stilton

100把神秘鑰匙

謝利連摩·史提頓
Geronimo Stilton

新雅文化事業有限公司
www.sunya.com.hk

目錄

馬克斯 · 坦克鼠

謝利連摩的爺爺，
《鼠民公報》創辦鼠。

賴皮 · 史提頓

謝利連摩的表弟。

菲 · 史提頓

謝利連摩的妹妹，
《鼠民公報》的特約記者。

斯科沃林德 · 斯卡拉馬薩

妙鼠城的建城鼠。

呼嚕呼嚕呼嚕……叮鈴鈴叮鈴鈴！

一天**夜晚**，在老鼠島上的妙鼠城裏，老鼠們睡得正**香**，甜蜜的鼾聲此起彼伏……呼嚕，呼嚕，呼嚕……我也躺在熱呼呼的被窩裏鼾聲如雷……**呼嚕，呼嚕，呼嚕**……

呼嚕……

午夜時分，我的手提電話突然響了！

叮鈴鈴，叮鈴鈴，叮鈴鈴！！！

我從睡夢中驚醒，腦袋**暈乎乎**的（和往常一樣，如果不是自然醒的話）。我拿起手提電話，糊里糊塗地接聽，說：「我是史提連摩·謝利頓。我是說，我是謝利連摩·史提頓！**呼呼**，**吱吱吱，你是哪位？**」

電話那頭傳來一個低沉的嚷嚷聲，簡直要把我的耳膜震破，我嚇得從牀上跳了起來。

「乖孫兒！有個**大大大新聞！**迫在眉睫的大新聞！你在幹什麼？睡覺嗎？哎呀，怎麼什麼都要我來告訴你喲？你聽出來我是誰了嗎？」

我歎了口氣：我當然認出了他的聲音。

他就是**馬克斯・坦克鼠**，我的爺爺！

　　我又歎了口氣：唉，我早就該猜到是坦克鼠**爺爺**打來的電話，誰會大半夜給我打電話呢⋯⋯

　　我又又歎了口氣，做好準備**聽他的長篇大論**，因為我知道我根本不可能假裝聽不見！

　　於是，我說：「說吧，爺爺，我聽着呢！」

坦克鼠爺爺在電話那頭說道：「乖孫兒！這個**大新聞**就是你已經寫了超過**100**個故事了！**你留意到了嗎？**

你肯定沒有吧！還好有我來提醒你這麼重要的事情！我們得出一期***特刊***，報道有關你那即將出版的

乖孫兒！

一個與眾不同的

獨特故事……

當然，我們也要讓大家知道，你能寫出（超過）一百個故事，都是我的功勞！

　　如果不是我給你**靈感**、給你**動力**、給你**靈感**，你大概只會在那裏天天吃着**瑪格麗特薄餅**，嚐着乳酪點心，做着白日夢！哪裏還能寫出一百多個故事呢！

乖孫兒，你必須承認，你能得出這點小成就，這都是我的功勞！

　　現在，你**必須**創作一個**話題性作品**，必須**與眾不同**，不是那種隨隨便便湊字數的故事，而是那種獨一無二、新奇有趣的原創故事！！！

呼嚕呼嚕呼嚕⋯⋯ 叮鈴鈴叮鈴鈴！

說完，我的**爺爺**（和往常一樣）就這樣掛斷了電話。

他真的給我很大**壓力**啊！

雖然是 深夜 ，我還是決定立刻開始寫作⋯⋯我心裏明白，距離交稿期不過只有**七天**的時間！

吱吱吱，還是**立刻**動筆比較好！

我先打開輕鬆美妙的音樂，播放着 妙鼠城國家交響樂團 的作品。

然後，我打開電腦。

嗯，我想啊，

　　想啊，

　　　　想啊⋯⋯

然後，我又想啊，想啊，想啊，想啊，

呼嚕呼嚕呼嚕…… 叮鈴鈴叮鈴鈴！

想啊，想啊，想啊，想啊，想啊！……想啊，想啊，想啊，想啊，想啊

可是……我根本不知道為那個

與眾不同的故事寫點什麼！！！

唉！

迷失山谷中的神秘古堡

我**想啊想啊想啊**，但是仍一點靈感都沒有。

唉，我一方面為自己已經寫出超過100個**故事**而高興，另一方面又因此犯難。可是接下來的**故事**得想出一個與眾不同的點子，真是不容易啊……

唉！

於是，我合上手提電腦，吃

點**宵夜**甜品：

一杯熱氣騰騰的熱巧克力

一塊塔列吉歐乳酪批

一杯四拼乳酪奶昔

就在那一刻，真的

就在那一刻，一點不差，我

的手提電話又**響**了……

咕吱吱，難道又是坦克鼠爺爺？

　　我剛拿起**手提電話**，就聽到一把活力四射的尖細聲音，説：「嘿，我是菲，**快**看電視，我出鏡了！」

　　我放下手提電話，趕緊跑到**客廳**裏打開電視……電視裏正要播放節目：「**最鼠神秘！**」

　　你們知道嗎？這個**電視節目**在妙鼠城也取得了巨大的成功！導演就是我的表弟**賴皮**。這節目追蹤報道老鼠島上的各種神秘事件……

　　賴皮宣布：「**電視機前親愛的老鼠觀眾們**，老鼠島上有一個鼠跡罕至的迷失峽谷。峽谷裏坐落着一座神秘的**城堡**，直到最近還沒有鼠揭開它的神秘面紗，因為這個城堡深藏於一個**荊棘叢生**的山林深處。不過，我們天不怕地不怕的**特派記者**菲·史提頓發現了該城堡的位置！！！」

菲·史提頓

姓：史提頓

名：菲

身分：謝利連摩·史提頓的妹妹

職業：老鼠島上最著名的報紙《鼠民公報》的特派記者，同時也是她的表哥賴皮所執導的電視節目《最鼠神秘：追蹤神秘事件》的特派記者。

她的秘密：消息靈通，從不會漏過任何頭條新聞！

現場觀眾歡呼道：

「哇！！！」

賴皮宣布：

「有請菲·史提頓！」

電視上出現了我的妹妹菲魅力四射的臉龐。她開始講述：「親愛的老鼠朋友們，正如你們所知，我們深愛的妙鼠城是由傳奇的斯科沃林德·斯卡拉馬薩建立。

關於他的**傳說**有很多。其中一個提到他為深愛的新娘建造了一座城堡。城堡建築**雄偉**，**金色的尖頂**高聳入雲。城堡主體由雪白的大理石築成，和他新娘的毛皮顏色一樣。城堡上鑲嵌着新娘最喜愛的**玫瑰花**圖案。傳說中的這個城堡堡叫做『**萬卷城堡**』。我四處探訪這個城堡，終於有所發現。這是來自

『**最鼠神秘：追蹤神秘事件！**』

的獨家報導！」

菲指了指她身後電視台錄影廠裏播放着的一段影片。

斯科沃林德・斯卡拉馬薩

　　斯科沃林德・斯卡拉馬薩是老鼠島的首都妙鼠城的古老建城者。

　　傳說他為自己熱衷於小說與童話創作的新娘建造了一座美麗的白色大理石城堡……據說他的**神祕**新娘美麗善良、溫柔賢淑，還會彈奏多種樂器。許多學者試圖揭開她的神祕身分，但都徒勞無功。

我們來看看
這些古老的資料……

這是我的調查經過……

1. 我花了很長時間**研究**現存的有關**萬卷城堡**的資料。既然城堡很大，應該不太容易隱藏……

2. 於是，我駕駛**小型飛機**，花了好幾個月時間在妙鼠城附近進行低空搜索。我的目標是找到足夠**高**又足夠**密集**的可以藏起一座城堡的森林！最後，**我終於在古老的玫瑰鼠公爵領地**的荊棘山林裏有所發現！那是一片非常密集的玫瑰林，誰都沒有進去過。

3. 我從飛機上拍了許多 **照片**，發現山林 **下方** 隱約有一片陰影……

4. 我用 **電腦** 分析，發現那片陰影正是一座 **城堡** 的形狀。於是，我在 **荊棘山林** 上空來回飛了很多次，發現那裏真的藏了一座 **神秘** 的城堡。而且，我可以很確定地說，這座城堡正是傳說中的萬卷城堡！

有一片陰影！

找到了！

玫瑰鼠公爵領地

玫瑰鼠公爵領地是老鼠島上最神秘的地方之一。那裏長滿了白色的荊棘玫瑰灌木叢，讓那片繁茂的山林難以進入。正因如此，這一區域至今鮮有鼠知。

公爵領地的居民學會了使用玫瑰的各種辦法。他們用玫瑰的枝幹做家具，用玫瑰的植物纖維做面料……不過，最具特色的當數各種用玫瑰花刺做成的菜餚。

辣椒花刺湯

花刺舒芙蕾

花刺餡餃子

脆皮花刺批

酥炸花刺

花刺精華花茶

花刺糖

花刺冰淇淋

花刺果醬

花刺餅乾

花刺朱古力

花刺安神茶

誰想和我一起去？誰誰誰？

賴皮大聲說道：「菲，快告訴大家，你現在有什麼打算？**快說快說快說！**」

菲露出一個狡黠的笑容，說：「只有一件事情……那就是立刻出發前往**玫瑰鼠公爵領地**，去荊棘山林尋找萬卷城堡！」

只有一件事情……

立刻出發！

賴皮激動地大聲宣布：「**出發！快點快點快點！**」

菲突然語氣嚴肅地說：「賴皮，我可要提醒你。迄今為止沒有鼠踏足過那片**荊棘山林**是有原因的。山林裏長滿了了成千上萬的玫瑰灌木。那是一種當地獨有的荊棘玫瑰的品種。該品種的玫瑰花十分美豔，有普通的玫瑰兩倍大、三倍香⋯⋯但是，這種玫瑰的刺像剃刀一樣**鋒利**，像鋼鐵一樣堅硬！總之，電視機前親愛的觀眾們，去那片森林**探險有點危險，應該說危險極了！**」

賴皮大聲說：「**越危險越神秘！！！**」

菲繼續說：「要完成這次探險，我們還需要一名**助理**，為我們背行李，為我們**做飯**……最好還能把我們的**旅費**（一定會很昂貴）都包了……我倒有一個主意！」

賴皮尖叫道：「菲，你心目中的這隻助理老鼠是誰？

快說快說快說，這樣我們就可以啟程啦！」

菲興高采烈地轉身對**觀眾**宣布：「他就是史提頓，我的哥哥謝利連摩・史提頓！我這就給他打電話！」

觀眾席上有老鼠嚷嚷道：「史提頓?！*謝利連摩・史提頓*？《*鼠民公報*》的總編輯嗎？太好了！」

謝利連摩・史提頓！

就是史提頓！

這不是史提頓嘛！

然而，賴皮有些失望地嘟囔道：「謝利連摩‧史提頓？**我那個唧唧歪歪、婆婆媽媽的膽小鬼**表哥？菲，你真的確定嗎？」

菲大聲說：「賴皮，我已經決定了。謝利連摩將加入我們的探險隊伍！」

於是，賴皮說：「好啦，親愛的觀眾朋友們，這次冒險之旅，充滿**危險**，花費不菲，我們三隻老鼠將組成**探險隊**為大家揭秘。我的表哥謝利連摩將擔任助理（至少他可以負責旅費！），菲擔任特派記者，而我則將為大家直播這次探險！這次的**節目**一定會非常精彩刺激！！！」

我**擔心**得鬍子不停地顫抖。

這就出發了？？？

什麼？我也要加入他們的探險隊？昂貴？冒

險？神秘？尤其是危險？就在這

時，我的手提電話又響了。

你準備好出發了嗎？

我謹慎地接通電話，說：

「喂，我是謝利連摩・史提頓……」

電話那頭傳來菲的聲音：「啫喱，你

準備好出發了嗎？我們馬上就過來接你！」

我結結巴巴地回答：　　　呃……我……

「呃，菲，你確定這是個好

主意嗎？」

她不作回答，繼續說：「快

點準備，我們這就要啟程去城

堡了。一定會很好玩的！」

說完，她就掛斷了電話，並不

給我時間回應。

神秘的荊棘迷宮

不過一會兒，我就聽到我家樓下傳來一聲汽車的急剎車。我到樓下打開大門，看見門外**停泊**着那台車正是我妹妹菲的玫紅色**越野車**。

加油，去吧！

哎唷……

在這兒呢！ 什麼？

我試着向她解釋：「很抱歉，我真的不能和你們一起去……」可是，**菲**打開車門，賴皮一把將我推進車裏，還從我的褲袋裏**掏出**了

「這個由我暫時**保管**，這樣才能確保你會為我們付旅費！表哥，你就準備好付款吧！」

菲踩着油門，車像**離弦之箭**一樣上了路。過了很久很久之後，我們終於抵達了**玫瑰鼠公爵領地**的**荊棘山林**。

答案請參見第119頁。

那是一片茂密的山林！

怎麼走才不會迷路呢？

我很擔心……

我們在荊棘叢生的**灌木叢**中穿梭，**轉啊轉啊轉啊**，終於……我們迷路了！

霧氣越來越濃，讓山林顯得更加鬼魅！

我非常緊張！

這時，天色好像快要下**雷雨**了，天空不斷有閃電劃過！**我嚇得像撞了貓一樣！**

就在那時，我聽見遠處傳來嗥叫聲。菲**嘟囔**道：「嗯，應該是狼羣的聲音……而且好像是惡狼！好吧，抓狼應該很有意思，也讓我們的節目多些看點！」

我簡直嚇傻了！

警覺

撞了貓一樣

顫抖不停

嚇傻了

嚇暈過去

我嚇得**吱吱吱**地顫抖着説：「可憐的我，為什麼我不待在家裏呢？」

就在那時，我們隱約看見森林裏有許多黃色的**眼睛**在瞪着我們，真的是狼羣！

我嚇暈過去。

菲連搧了我好幾大巴掌，賴皮又將幾桶涼**水**澆在我臉上。過了一會兒，我這才蘇醒過來。

我們在**霧氣濛濛**的**漆黑**的森林裏轉了好幾個小時，終於看見一道金色的柵欄大閘，門上寫着兩個大寫英文字母**TS**。**誰知道這兩個英文字母是什麼意思呢？**

我們越過大閘，進入一個寬闊的**庭園**。我們面前有一條林蔭大道，道路兩邊豎立着兩排雕塑。路的盡頭是一座高大雄偉的金頂白色大理石**城堡**。

菲一個**急刹停車**。她從車上下來，興奮地朝着城堡跑去。她一邊跑，一邊喊：

「**城堡就在那裏！真讓人激動啊！**」

賴皮追着她，吱吱叫道：「快快快，我也迫不及待想看個究竟！」

我卻**踩在**越野車的座位上，尖叫道：「**我想回家！！！**」

不過，我轉念一想，周圍還有很多**狼**，獨自待在車裏實在太危險了。於是，我急忙下車，朝着城堡**跑**去。

你們等等我！！！

「救命啊！別把我一隻鼠扔下！我很害怕啊！」

就在那時，一道**閃電**劈在城堡最高的尖頂上。我尖叫一聲：「吱吱吱！」

菲急忙抓住機會，拍下一張**照片**：「哇！我剛好捕捉到了閃電**擊中**在尖頂上的時刻！」

賴皮則興奮地唱着：

「神秘，神秘，神秘，是真正的恐懼！」

我們快點過去！

城堡就在那裏！

心形牌匾

我們吊橋，跨過圍繞着**城堡**的護城河。

我們的正前方有一扇**大門**。菲拿着電筒照亮了高處，並抬起頭大聲説：「大家快看！你們看那裏！」

我們都抬起頭看……大門上方有一塊**心形**的大理石**牌匾**，上面刻有幾行**文字**，看起來已經年代久遠。

僅將此城堡獻給我深愛的新娘，
——斯科沃林達・斯卡拉馬薩

我們頂着濃霧和**大雨**，藉着手電筒的光，努力辨認牌匾上的文字。可以，有些字跡已經無法辨認，因為長期累月被風雨**侵蝕**了……而且，難以辨認的字跡正是建城鼠神秘新娘的名字！

　　菲歡呼雀躍地大聲說：「也就是說，這個城堡果真是妙鼠城的建城鼠所建！我的猜測果然沒錯！」

　　然後，她轉身對**賴皮**說：「快打開攝影機，我要宣布這個極其重要的大發現！」

　　賴皮大聲說：

「好的，表妹，快快快！」

　　他打開攝影機，對準牌匾。菲握着麥克風

說：「親愛的觀眾朋友們，我很**榮幸**地宣布，我們找到了傳說中**斯科沃林德・斯卡拉馬薩**所建的城堡！而且，我可以確定，這座城堡正是他送給他的神秘**新娘**的！目前，我們還不知道新娘的名字，不過我們很快就會一起發現……現在，我們就要進入城堡，請大家跟我們一起見證這次*神祕的探險！*」

我們找到了傳說中的城堡！

哎唷！

謝利連摩，一到十，
你的害怕有幾分？

菲走到城門**前**，準備進入城堡探索。

高大的橡木城門中央有一枚玫瑰花形狀的銅**門環**。

多年前的**城門**應該是非常結實的。不過，由於長年累月的**風雨侵蝕**，城門已經有些殘破。

菲輕輕一推，大門就吱吱嘎嘎地開了……

呃呃呃……像撞了貓一樣的恐懼！

呃呃呃…… 像撞了貓一樣的恐懼！

呃呃呃……像撞了貓一樣的恐懼！

一進城堡，我就立刻感受到**城堡**當年的*面貌*！雪白的大理石天花板上有華麗的**金色石膏裝飾**，城堡裏還有**古銅**製的吊燈和貴重的玫瑰**木材**打造的家具。

僅將此城堡獻給我深愛的新娘，

斯利沃林達·斯卡拉馬麗

我們進去吧！

哎唷！

書架上堆滿了珍貴無價的古老書籍，牆壁上貼着繡有玫瑰花苞的**刺繡牆布**，還有鑲着金線的**玫瑰花**圖案的天鵝絨窗簾……

唉，可惜城堡年久失修，所有的東西上都覆蓋着灰塵，以及巨大的**蜘蛛網**！

這個幾百年來無鼠居住的城堡，真的是灰塵滿滿而神秘莫測啊！！！

真的需要好好**修復修復**！

菲打破沈默，説：「那麼，現在我們就開始探險吧！」

我正要打開**手電筒**，賴皮一下制止了我，説：「你要幹什麼？不如藉着燭光，更有神秘感！」

他往我手裏塞了一個金色**燭台**，並點燃蠟燭。很快，一個神秘的**黑影**投射到牆上……

天啊，那不過是我自己的影子，可是啊啊啊……真像撞了貓一樣的恐懼啊！

呃呃呃……真可怕！

賴皮興奮地喊道：「哇哇哇！好詭異的陰影啊……滿是**塵埃**、發霉的房間，吹着陰風習習的**破**窗子，巨大的**蜘蛛網**，這一切都增加了這座城堡的神秘感！」

　　他歡心雀躍地跳起了**森巴舞**＊，嘴裏哼哼嘰嘰：「*神秘神秘神秘，平地一聲雷啊……但願這是節目創造奇蹟……獲得超級鼠般的成功……*」

神秘神秘神秘……

咕吱吱！

＊*森巴舞（Samba）：是一種源於巴西的舞蹈，舞姿富有動感，舞步搖曳多變。*

他把**麥克風**遞到我面前，問：「請你告訴我，像你這樣的**膽小鬼**，要在這個**廢棄**的神秘城堡裏度過一個夜晚，會是怎樣的體驗？到處都是蜘蛛網、飛舞的窗簾、詭異的**嘎吱聲**……」

我老老實實地答道：「呃，一定激動鼠心！吱吱吱……」我嚇得牙齒像**響板**一樣格格作響……

賴皮嘲笑道：「表哥，瞧你嚇成這樣，牙齒都格格打顫了，像響板一樣……簡直可以給我的**佛蘭明高舞***伴奏了！」

然後，他這裏跳跳，那裏跳跳，嘴裏哼哼嘰嘰：「你聽你聽你聽，我的表哥嚇得牙齒打顫……城堡裏的恐懼如此真實！城堡裏的秘密如此真實……很多很多秘密待你發掘！」

*佛蘭明高舞(Flamenco)：是一種源於西班牙南部的舞蹈，節奏歡樂明快、動作大，展現了西班牙人熱情奔放的性格。

可惡的賴皮為了讓我更加害怕，開始給我講關於廢棄城堡、幽靈、**吸血鬼**和各種怪物的**小笑話**⋯⋯

　　然後，他扛着**攝影機**，將鏡頭**對準我**，尖聲問道：「謝利連摩，你害怕嗎？告訴我們，從一到十，你的害怕有幾分？看你臉色蒼白的樣子，我覺得至少有九分！」

賴皮 的 恐怖笑話

哈哈

猜一種吸血鬼永遠不會用的東西。防曬霜。

一位先生正在一個古老的城堡裏散步，卻被一條蛇咬了。

他大叫：「我被蛇咬了！」

一名路人回答：「趕緊止血排毒！」

「怎麼弄？」

「我來吧！」路人説，然後開始為他止血。

「謝謝……請問你是……？」

「我是吸血鬼！」

嘻嘻嘻

囉

哈哈

餐廳服務員問吸血鬼：
「牛排你要幾分熟？」
吸血鬼回答：
「帶血的！」

嘻嘻嘻

哈哈哈

如果你面前有一個綠色的怪獸，你該怎麼辦？等他成熟！

幽靈之間的對話
「你想和我一起去墓地嗎？」
「當然了，我很願意去死！」

酒吧裏的酒保問：「小姐，你想喝點什麼嗎？」
女吸血鬼回答：「好的，來一杯B型的血腥瑪麗吧！」

哈哈

哈哈 嘻嘻 嘻嘻

哈

一百把金鑰匙

就在那時，我的妹妹**菲**過來叫我們：「你們快過來！」

她接過我手裏的**燭台**，舉到高處。我們發現⋯⋯我們面前的牆上掛着許多許多大大小小的**金鑰匙**！鑰匙**上方**還寫着一個謎語：

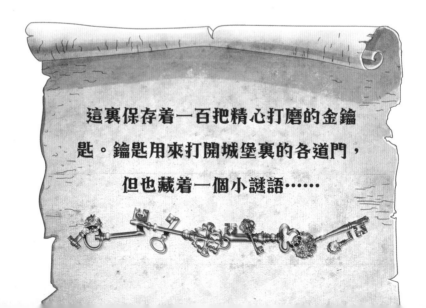

這裏保存着一百把精心打磨的金鑰匙。鑰匙用來打開城堡裏的各道門，但也藏着一個小謎語⋯⋯

神秘新娘，

美若玫瑰。

想知芳名，

心誠則靈。

數數數，

走走走，幾扇門，幾把鑰匙？

數數數，聰慧若你，謎語解開！

有鼠指引，

撥弓弄箭，

輕翅飛翔⋯⋯

心誠則靈，

愛情致勝。

時光難抹，

愛的造就！

本頁右下角的白色鑰匙剪影嗎？

答案參見第119頁。

　　我剛**讀**到謎題中的「秘」字，賴皮又開始哼哼唧唧：「*神秘神秘神秘，這個城堡果真是我們的菜！*」

　　菲聚精會神地想着答案：「這個**謎語**……可以解開神秘**新娘**的身分嗎？呃，要找到答案，需要……數數？還要走路？我不明白……**好奇怪**……那我們就一邊在城堡探險，一邊探究神秘新娘的身分吧！」

　　菲一邊思考，一邊將所有的鑰匙都放到一個

來了！你們等等我！

銀色托盤上遞給我。

　　然後，她舉着**燭台**，一邊爬樓梯，一邊大聲説：「你們兩個像兩具**木乃伊**一樣呆在那裏幹什麼？好戲在後頭呢！賴皮，快**拍影片**啊！」

神秘神秘神秘！

跟我來！

　　我們爬上樓梯，來到一個**長廊**。長廊一邊有很多很多門。

　　菲停在第一扇門前，將燭台遞給我，並從托盤上拿起一把**鑰匙**。

　　她試着把鑰匙插進**鎖孔**，卻打不開門。

我們試試這把……

很多鑰匙啊！

於是，她**一把、一把又一把**地接連着試，直到打開門為止。

接着，她又去試第二扇門……

時間就這樣流逝着……

一把鑰匙接着一把鑰匙……打開了一扇門接着一扇門……

我們就這樣一個接着一個進入了城堡所有的房間。

真是激動
鼠心的
拍攝！

神秘的鑰匙

我們來到一個收藏各種**古老盔甲**的房間。

我聽見一聲詭異的**嘎吱聲**，一轉身……只見有一套盔甲朝着我走過來，還嚷嚷着：

「我要來抓你啦！！！」

我要來抓你啦！！！

救命啊！

吱唷唷......真是可怕！

我尖叫道：「救命啊，我看到一個穿着盔甲的幽靈！」

原來是**賴皮**穿着盔甲來嚇我。他嘲笑道：「*什麼幽靈啊，明明就是我，想嚇嚇你！*」

隨後，我們進入古老的**廚房**。賴皮指着地上一排通往牆角的白色腳印給我看。

吱唷唷......真是可怕！

我又尖叫道：「吱吱！幽靈的**爪印**！」

吱唷唷......真是可怕！

我又嚇得差點**暈過去**，但是賴皮又哼哼唧唧道：「什麼幽靈啊，什麼爪印啊，你的恐懼……當真大得很！」

隨後，我們**進入**藏書室，那裏通往一個小小的**秘密**花園。我走進**心形**的柵欄門，發現這是一個美麗的**玫瑰園**，裏面盛開着成百上千**香氣撲鼻**的白玫瑰……我們又穿過寬敞的**舞廳**，來到了**寶座大廳**……

大廳裏放着兩張**寶座**，一張是斯科沃林德的，一張是他的**新娘**的……

可是新娘的名字卻無從辨認！

我們成功用一把**鑰匙**打開了那座最高塔樓的門，裏面有**神祕**新娘的閨房。房間裏，有一個衣櫃放滿了華麗精美的刺繡**洋裝**和**絲綢**衣服和鞋子……

吱吱吱！

真華麗啊！

但是，沒有一個地方可以窺探她的芳名！

然後，我們又用一把**鑰匙**打開了地下室的門。

地下室裏**黑暗**、**潮濕**、**陰冷**……

我突然感覺到脖子上一陣**陰風**掃過，尖叫道：

「**救命啊，幽靈剛剛掠過我的脖子！**」

結果又是**賴皮**！是他在我的脖子上輕輕吹了一口氣。他**壞笑**道：「什麼幽靈啊，什麼脖子啊，你可真是個膽小鬼！」

我們在城堡裏**逛**了一圈，一共**打開了**

九十九扇門。銀色的托盤上只剩下最後一把**神秘**的鑰匙……這把鑰匙有金色的玫瑰**裝飾**，上面刻有兩個大寫英文字母**TS**。

菲嘟囔道：「**TS**到底是什麼意思？嗯，既然有第一百把鑰匙，就一定有**第一百**扇門。只要這扇門存在，我們就一定可以找到的！」

這把鑰匙
可以打開
第一百扇門！

我靠着窗戶説：「天都快**亮**了……」

然後，我突然嚇得跳了起來，因為我看見**窗簾**在移動，然後將我一把**裹住**。我大叫：

「救命啊！我被幽靈捉住了！」

賴皮從窗簾後面探出頭來，*格格笑*道：「*什麼幽靈啊，我是你表弟啊！你還真是個膽小鬼！*」

救命啊，幽靈！

我們輕輕敲擊牆壁，想看看會不會有隱藏的第一百個房間傳出**回聲**。可是**什麼也沒有**！

我們檢查了所有的書架，想看看有沒有什麼秘密按鈕可以打開暗門！

可是什麼也沒有！

我們移開所有的家具，想看看有沒有隱藏的第一百扇門。**可是什麼也沒有，什麼也沒有！**

就在那時，我突然內急。

這裏什麼也沒有！

我打開一扇**黑漆漆**的門，進入黑色大理石建造的洗手間，那裏很陰森，仿如**墓穴**。

洗手間！

就在那時，我聽見一聲恐怖的嗥叫聲，嚇得尖叫道：「**救命啊，洗手間裏有幽靈！**」

這回又是**賴皮**。他吱吱叫道：「洗手間裏哪有什麼幽靈，你真是太膽小了！」

嗚嗚嗚！　救命！

不過，我根本沒聽到他的話，因為我已經嚇得**暈倒了**！

等我蘇醒過來，我惱怒地大聲說：「賴皮，夠了，**我受**

他暈倒了！

不了了！你得保證不再捉弄我！」

賴皮抬起右邊的爪子，大聲說：「**我保證不再**在你的脖子上吹氣，**不再**用窗簾裹住你，也不再假裝發出幽靈的聲音！」

我們繼續尋找最後那個房間，但是很快我又看到牆上出現一個巨大的**黑影**，大叫道：

「救命啊，有巫婆！」

賴皮又**哼哼唧唧**道：「我是保證過，不過還是會繼續捉弄你！表哥，哪有什麼幽靈！你真是個傻瓜！」

有趣的影子

小朋友，快來一起試試玩影子遊戲吧。你只需要在一個黑暗的房間裏，準備一支手電筒。然後，在一面牆上，對着光源用雙手模仿以下各種手勢，你就可以看到牆上出現各種動物或人物的影子了！

兔子

鳥

大象

羊

馴鹿

巫婆

有鼠輕翅飛翔

我們回到大廳。菲又讀了讀那謎語，說：「我好像想通了！你們再想想，這個**謎語**到底是什麼意思：

> ……**有鼠指引，**
> **撥弓弄箭，**
> **輕翅飛翔……**」

她指了指身旁一個愛神大理石**雕塑**。愛神的背上有金色翅膀，其彎弓上有一根金色的*箭*。

菲說：「這就是有『鼠』撥弓弄箭，*輕翅飛翔*所指引的地方！你們看，箭指着旁邊那面鏡子！」

那是一面**心形鏡子**，鏡框上有玫瑰藤雕刻裝飾，上面刻着兩個大寫英文字母**TS**。菲跑到鏡子跟前，看到一個微型鎖，於是將最後一把鑰匙，也就是第一百把鑰匙塞進了**鎖孔**！

　　「咔嚓」一聲，鏡子像**門**一樣打開了。鏡子的那一邊好像還有一個房間……

啊！

神秘的門！我們找到了！

賴皮舉着打開的攝影機及忙*衝了過去*，
喊道：「**神秘的門！我們找到了！
哇 哇 哇 哇 哇 哇 哇！**」

我也跟着他們跑了過去，進入那個**神秘的
房間……**

鏡子的另一邊⋯⋯

我們都嚇得**瞠目結舌**！

鏡子的那一頭是一個精美的白色**密室**。

房間呈**玫瑰花瓣**形，地板用上大理石。房間的設計師費盡心思，設計裝潢以展現**千瓣**白玫瑰的主題。

在房間中央有一張華麗的玫瑰木製的**書桌**，上面放着一張**羊皮紙**、一個金色墨水瓶和一根布滿**灰塵**和蜘蛛網的鵝毛筆。

從前⋯⋯

從前‥‥‥

我 **好奇** 地走過去，發現在羊皮紙上寫下了一個句子的開頭：「從前……」

那張書桌一定屬於 某個像我一樣熱愛寫作的老鼠作家。

會是誰呢？

我環顧四周，發現牆壁邊有許多木書架，上面有很多 **小格子**，每一個格子裏都放着一張卷好的羊皮紙。

我數了數，剛好 一**百** 個小格子，這個數量

跟城堡的一**百**把鑰匙和一**百**扇門一樣呢！

我隨手打開一張又一張**羊皮紙**，發現上面寫着一個個小故事！

一**百**個故事！

這些都是給小讀者看的**童話**，故事精彩而富有詩意……

每一個故事都配有精美的水彩**圖畫**。

圖案下方的簽名是**TS**……

也就是説，所有這些故事都是**斯科沃林德·斯卡拉馬薩**那位神秘新娘寫的！

古老畫像裏的神秘新娘

神秘！

賴皮拿着麥克風**尖叫**道：「神秘神秘神秘！這些童話故事的作者會是誰呢？我們很快就會揭曉神秘作者的身分！」

但是，他的話被菲的喊聲

打斷：「快別說話！看……看那裏！」

她指着掛在牆壁上的白色天鵝絨**窗簾**。窗簾邊上露出一個金色**畫框**的**一角**，畫着一隻穿着金色綢緞蝴蝶結鞋子……

菲跑了過去，將窗簾從一邊一把拉開。

一個**玫瑰**飾紋的金色畫框**出現**在我們面

前，畫框裏是一幅神秘新娘的畫像！

我立刻留意到她細膩的淺灰色皮毛*和我的*

看那裏！

妹妹菲一模一樣。她美麗的紫色眼睛也**和我的妹妹菲一模一樣**。

她精緻的耳朵也**和我的妹妹菲一模一樣**。她也**和菲一樣**高高瘦瘦，**和菲一樣**看起來很有性格……

總之，她就好像是我妹妹的雙胞胎姐妹！

和菲一模一樣！　真的呢！　　　噢！

菲**彎下腰**檢查相框下方的 **金色牌子**，上面刻着一個名字。她激動地宣布：

▲我這就來宣布神秘新娘的名字⋯⋯

賴皮**激動**地又喊又跳：「神秘神秘神秘！我們很快就要揭曉誰是新娘，誰是神秘的女作家！」

菲**看着**牌子上的名字，臉色「刷」地一下白了。

我和賴皮大聲問道：

「怎麼了？神秘的新娘
叫什麼名字？
嗯？快告訴我們！」

賴皮大聲說：「沒錯，快說快說快說！揭曉謎底的時候到了！」

菲盯着我們，深吸一口氣，宣布：「神秘的新娘名叫⋯⋯」

很久很久以前……

菲繼續說：「神秘的新娘名叫……妙鼠！」

賴皮繼續錄影，堅持問道：「好，她的名字是妙鼠，那她的姓氏呢？呃？神秘新娘姓什麼？快說啦！」

菲微笑着宣布：「神秘新娘姓……史提頓！她叫……妙鼠‧史提頓！」

我和賴皮齊聲大叫道：「什麼？史提頓？史—提—頓？就是我們家族的姓氏史提頓？史提頓家族？」

這時，菲讓開了，我和賴皮彎下腰檢查牌子上的名字。

我簡直**目瞪口呆**，驚叫道：「真的呢！她和我們一樣，姓史提頓。難怪這個神秘的新娘和菲長得這麼像！**原來她就是我們的祖先！**」

直到這時，我們才發現窗簾後面還藏着一個時裝模特兒模型，上面掛着配有珍珠玫瑰的*新娘禮服*，就是畫像裏的那一件，還有她的頭冠

妙鼠的禮服！

我來試試！

和珍貴的珠寶首飾！一個玻璃罩下面居然還有新娘的**手捧花**！

　　菲試起了禮服，看起來和畫像裏一模一樣。而我翻閱着**羊皮紙**，想找出更多相關線索。

　　當我看到第**一百**個童話時，我就完全明白了……我把羊皮紙遞給菲，也讓她看一看。

　　她大聲讀道：「從前……」

跟我真的很相似！

妙鼠

從前，有一位王子，他叫斯科沃林德·斯卡拉馬薩。他英俊勇敢、善良紳士。他熱衷於守護弱小的老鼠。他十分慷慨，無論誰有求於他，都不會空手而歸！

他如英雄般戰鬥。騎着戰馬的他，令任何敵人膽寒。大家欣賞他，愛戴他，選舉他成為老鼠島上的第一位執政官。

斯科沃林德長年單身，一直用心等待愛情的出現，迎娶他心中的最愛。

直到有一日，他遇見了一隻美麗善良的女鼠。她的名字叫妙鼠·史提頓。

兩名青年結婚了。斯科沃林德建造了老鼠島上的第一座城市，並決定以他深愛的新娘的名字命名——這座城市就叫做妙鼠城！

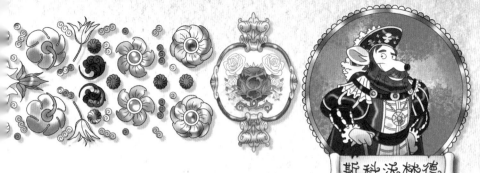

斯科沃林德

斯科沃林德送給新娘全世界最美好的聘禮……那是一座和她的皮毛一樣顏色的雪白城堡，並以她最愛的玫瑰花裝飾。

他知道妙鼠愛讀書，於是在城堡裏建造了一間裝滿美妙書籍的藏書室。

他知道妙鼠愛寫作，於是又送給她一張玫瑰木材打造的書桌、一個水晶材質的金色墨水瓶，上面刻着她的名字縮寫，以及一百張羊皮紙。這樣她就可以在上面創作她的故事，創作充滿愛的詩意童話，帶給大鼠小鼠幸福的感覺。

這是一個真實的故事，一個真摯的故事。這是妙鼠為她勇敢的新郎、她慷慨的斯科沃林德、她的一生所愛用心寫下的故事！

史提頓家族的榮耀！

菲讀完故事，眼睛裏閃爍着**感動的淚光**。

我說：「我喜歡這個故事。雖然時間久遠，仍然十分動人！」

賴皮關閉**攝影機**。我驚訝地發現，就連平時好像總是沒心沒肺的他都感動得流下了**一滴眼淚**！

他動情地嘟囔道：「我完全沒有想到……這真的是一個動人的**故事**！」

不過，賴皮很快又**回復**平時的樣子。他再次打開攝影機，遞給菲，並對着麥克風尖叫道：「朋友們，我們已經解開了謎團，**很多謎團**！

第一，我們找到了**萬卷城堡**！

第二，我們知道了城堡名字的由來，原來是因為這裏保存着**斯科沃林德‧斯卡拉馬薩**那位神秘新娘所寫的一百個故事！

第三，我們發現了神秘**新娘**的名字叫做……妙鼠！

第四，我們發現了我們所在城市妙鼠城這一名字的由來，原來正是取自神秘新娘的名字——妙鼠！」

賴皮將臉湊近攝影機，尖叫道：「最後，我們最重要的發現……

這些就是我們解開的謎團！

第五，神秘新娘妙鼠的姓氏是……**史提頓**！她是我，呃，我們家族的**祖先**！

總之，史提頓家族萬歲！〉

然後，他開始**又跳又唱**：

「我早有預感，

如今終證實，

我的祖先

是著名的神秘新娘……

妙鼠城以她的名字命名

以紀念她！

我早就知道，

我的祖先

就是著名的神秘新娘！」

他

着撥弄着我的尾巴：「表哥，你想明白了嗎？史提頓家族的名字從今以後就要載入 史冊 啦！」

最後，我們關閉攝影機，收好 裝備 ，準備離開。

我們走下一百級樓梯，走出 橡木 大門，沿着公園門口的林蔭大道走出去。

哎喲！

回家！

走！

我**轉過身**，發現太陽映照在**萬卷城堡**上……

我們不過在那裏度過了二十四小時，正要**啟程**回家，但是我已經開始留戀那個美妙的地方，那個見證了美麗的愛情故事之地……

我們上了車，穿越錯綜複雜的**荊棘山林**，往家的方向歸去。

我們開了一整夜長途車，終於回到了**妙鼠城**。

妙鼠城……一個所有老鼠熱愛的城市，一個我們出生長大的地方，一個我們稱之為「家」的美好地方……

別具意義的故事

我回到家，打開電腦，才終於想好一件重要的事情。

我想好要寫什麼**與眾不同的故事**了。這是一個將過去和現在融合在一起的故事，這是一個關於妙鼠城建城鼠——斯科沃林德·斯卡拉馬薩為深愛的**新娘**建造**萬卷城堡**的故事！

這個城堡是愛的見證，我讓明白

沒有什麼比愛更強大！

真正的**愛**會歷久不衰……愛情締造的東西會**永久**地留下印記！

所以，這**別具意義的故事**，我想獻給她，妙鼠‧史提頓！

妙鼠‧史提頓，這本書獻給你。因為你，才有了我們的城市，這個以你的名字命名的城市，這個我們所有老鼠稱之為「家」的地方。你不僅活在我們城市的名字裏，也活在那許多你創作的，感動着大鼠小鼠的美妙童話裏。

誰知道他會不會喜歡？

我寫完書，送給坦克鼠**爺爺**看。他一口氣從頭看到尾，而我在一旁**焦慮**地看着他。

他會喜歡嗎？

他會不喜歡嗎？

咕吱吱，我緊張得鬍子**發抖**！！！

坦克鼠爺爺終於看完書，嘟嚷道：

「嗯，乖孫兒，你這次總算寫了一個 好故事！

我們必須趕緊**出版**！」

　　我這才鬆了一口氣：「好的，爺爺，那我可以走了嗎？我想去度假⋯⋯反正我已經把故事寫出來了。我可以好好休息了，對嗎？」

　　他大聲埋怨道：「**什麼什麼什麼？**乖孫兒，你開什麼玩笑呢？你當這就結束了？這才剛剛開始！接下來你還得寫**更多更多**的故事！」

這不是結束，而是開始！

他抬起一隻爪子拍了拍我的肩膀。

「我以為你自己會明白的……只要讀者想要看更多的故事，我們就得繼續寫。讀者總是有道理的！」

我開始思考……

我想啊，想啊，想啊，想啊，想啊……

讀者想要看更多的故事！

別具意義 的故事

然後……我終於明白坦克鼠爺爺所說的道理。

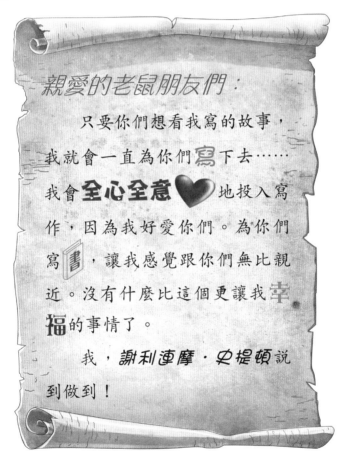

親愛的老鼠朋友們：

只要你們想看我寫的故事，我就會一直為你們**寫**下去……我會**全心全意** ♥ 地投入寫作，因為我好愛你們。為你們寫**書**，讓我感覺跟你們無比親近。沒有什麼比這個更讓我**幸福**的事情了。

我，*謝利連摩·史提頓*說到做到！

我會全心全意
地投入寫作！

答案

第38至39頁

第64至65頁

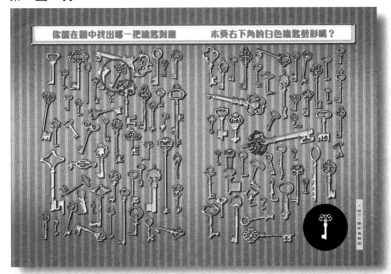

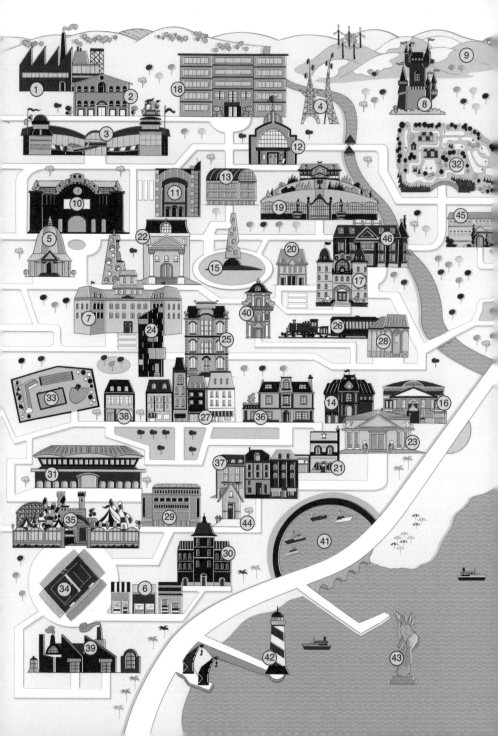

妙鼠城

老鼠島

1. 大冰湖
2. 毛結冰山
3. 滑溜溜冰川
4. 鼠皮疙瘩山
5. 鼠基斯坦
6. 鼠坦尼亞
7. 吸血鬼山
8. 鐵板鼠火山
9. 硫磺湖
10. 貓止步關
11. 醉酒峯
12. 黑森林
13. 吸血鬼谷
14. 發冷山
15. 黑影關
16. 吝嗇鼠城堡
17. 自然保護公園
18. 拉斯鼠維加斯海岸
19. 化石森林
20. 小鼠湖
21. 中鼠湖
22. 大鼠湖
23. 諾比奧拉乳酪峯
24. 肯尼貓城堡
25. 巨杉山谷
26. 梵提娜乳酪泉
27. 硫磺沼澤
28. 間歇泉
29. 田鼠谷
30. 瘋鼠谷
31. 蚊子沼澤
32. 史卓奇諾乳酪城堡
33. 鼠哈拉沙漠
34. 喘氣駱駝綠洲
35. 第一山
36. 熱帶叢林
37. 蚊子谷
38. 鼠福港
39. 三鼠市
40. 臭味港
41. 壯鼠市
42. 老鼠塔
43. 妙鼠城
44. 海盜貓船
45. 快活谷

《鼠民公報》大樓

1. 正門
2. 印刷部（印刷圖書和報紙的地方）
3. 會計部
4. 編輯部（編輯、美術設計和繪圖人員工作的地方）
5. 謝利連摩·史提頓的辦公室
6. 花園

老鼠記者 Geronimo Stilton

與老鼠記者一起
歷奇探險走天下！

親愛的鼠迷朋友，
　　　下次再見！

謝利連摩・史提頓

Geronimo Stilton

奇鼠歷險記

榮獲
第15屆
十本好讀
小學生最愛作家

與謝利連摩一起展開
視覺及嗅覺並重的冒險之旅！

Geronimo Stilton

奇鼠歷險記 大長篇 1
勇士回歸

2種味道的
歷險旅程

Geronimo Stilton

奇鼠歷險記 大長篇 2
失落的魔戒

2種味道的
歷險旅程

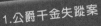